D1641014

Fabian Stuhler
Überall ist immer da

Fabian Stuhler

Überall ist immer da

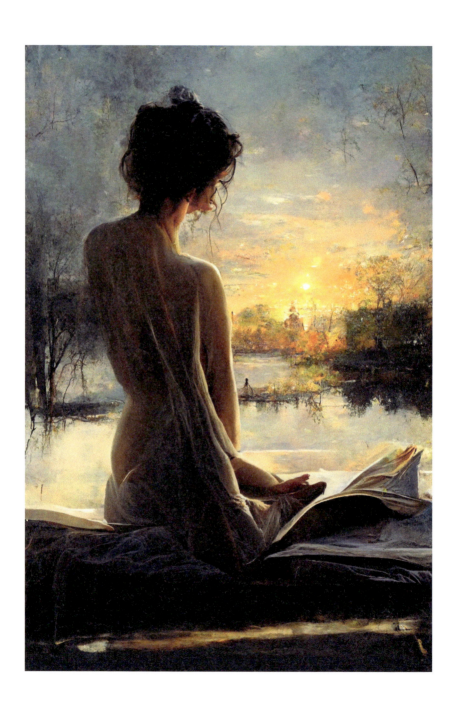

Inhalt

Der Spieler I

Paranoia, Hintertür, Flucht aus Zeit und Raum.

Verflucht sei dieses Leben.
Verflucht sei jeder Traum und Rausch.
Deck die Karten auf.
Dreh den Becher um, den ich ausgetrunken!
Was zeigen mir die Würfel darunter?
Das Spiel hier hat gezinkte Karten.
Warten auf das nächste Blatt, das bald vom Baume fällt.

Ich setze aus. Ich stehe auf.
Der Raum betrunken und verraucht.
Die Hintertüre öffnet sich
und eines Mannes Schatten bricht das fahle Licht.
Ob ihm das nächste Blatt gefällt?

Er setzt sich.
Er nimmt meine Karten auf.
Er macht meine Karten zu Geld.
Ich frag' ihn noch, dann geh' ich raus …
Er sagt, er heiße Klaus.

Draußen kommt ein Mann zu mir.
Er nimmt mich mit und spielt mit mir.
Um Hab und Gut und Leben, um Haus und Hof und Tier.
Und spielst du nicht mit, sondern gegen,
dann spielt das Leben mit Dir.

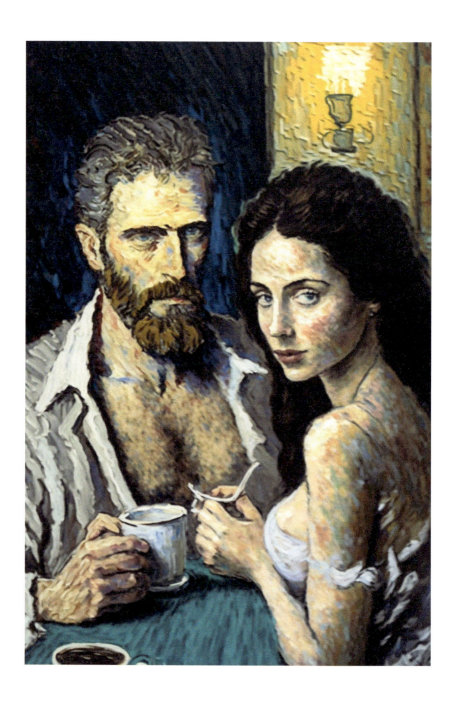

Noch immer sitze ich am Tische.
Noch immer liegen die Karten vor mir.
Noch immer schenkt er ein.
Er weiß, dass Verlierer in Gläser weinen.

Ein Whisky noch, ein Gnadenbrot,
für einen Mann in höchster Not.
Lieber noch als Heim zu gehen,
träf' ich heut' den Tod.
Zuviel des Mutes. Das Leben tut es;
es zieht dich aus und traut sich noch zu lachen,
sich über mich lustig zu machen.

Draußen regnet's und Zuhaus'
erwisch' ich meine Frau mit Klaus.

Er trägt mein letztes Hemd.
Mehr nicht.

Doch das ist mehr als genug für mich.

Der Spieler II

Paranoia, Hintertür, Flucht aus Zeit und Haus.

Ich muss hier raus! Ich renne.
Und ja, für wahr, es wär' kein Leben,
spielte es nicht mit mir.
Ich spiele mit. Komm spiel mit mir.
Gib du die Karten, dir zeige ich's.
Ich leg' meine Schuhe auf den Tisch.
Zweimal gemischt und abgehoben.
Nochmal, denn dir trau' ich nicht.
Das Leben ist verlogen.

Mein letztes Hemd hat Klaus.
Und meine Schuhe hat er jetzt auch.
Das Leben lacht mich aus.

Es lässt den Regen wieder nieder fallen auf mein Haupt.
Tropfen werden Tränen. Donner macht mich taub.
Blitze lassen mich erblinden. Nass bis auf die Haut.
Schauer auf dem Rücken. Es gab eine Zeit, da hab' ich geglaubt.
Mir selbst und dem Leben hab' ich vertraut.

Versagt. Verloren. Versager verlieren.
Unschuldig geboren. Sünderhaft gelebt.
In der Hölle werd' ich schmoren, ungelogen.
Das Leben wird mich nicht belohnen.
Nicht heute und nicht hier. Ich streune wie ein wildes Tier
durch Straßen und durch Gassen. Alle lachen.
Selbst Huren und Penner können's nicht lassen.
Sie schneiden mir Grimassen.

Und sogar der Wind. Er kichert wie ein kleines Kind,
als er mir den Hut vom Kopfe nimmt.
Geschwind jag' ich ihm hinterher durch schwarze, tiefe Nacht.
Zuerst wollt' ich weinen, dann hab' ich gelacht,
weil alles zu diesem Leben passt.

Der Hut war fort.
Unbekannter Ort. Unbekannte Zeit.
Bereit zu beten. Auf die Knie.
Ich schaue zu Boden. Durch den Boden hindurch.
Hinab ins Reich der Toten.

»Wollt ihr mich nun endlich holen?«

Da lachten und da lachen sie …
über Menschen auf ihren Knien.
Und einer lachte auch.

Ich glaub', es war der Klaus.

Der Spieler III

Paranoia, Hintertür, Flucht aus Zeit und Leben.

Dem Leben hatt' ich mich ergeben.
Erheben fällt mir schwer.
Wäre lieber liegengeblieben wie ein krankes Tier.
Siechend in Pfützen dahinvegetiert.

So sei es.
So bleibt es.
Es ist wie es ist.

Ein Leben, das zu leben vermisst.
Ein Mann, der tief am Boden ist.
Ein Mann, den man schnell vergisst.
Ein Mann, den man schnell vergessen sollte,
zum eigenen und zu seinem Wohle,
sucht einsam den Weg durch Häuserschluchten
auf unbedeckten Sohlen.

Ich finde einen Spieltisch.
Zwei Stühle stehen bereit.
Die Karten wohl gemischt.
Meine Hose liegt auf dem Tisch.

So finde ich mich.
Und finde ein Lächeln in meinem Gesicht.

Es wird wieder warm.
Ein bekannter Rausch.
Ich deck' die Karten auf.

Gegenüber das Leben.

Das Leben heißt Klaus.

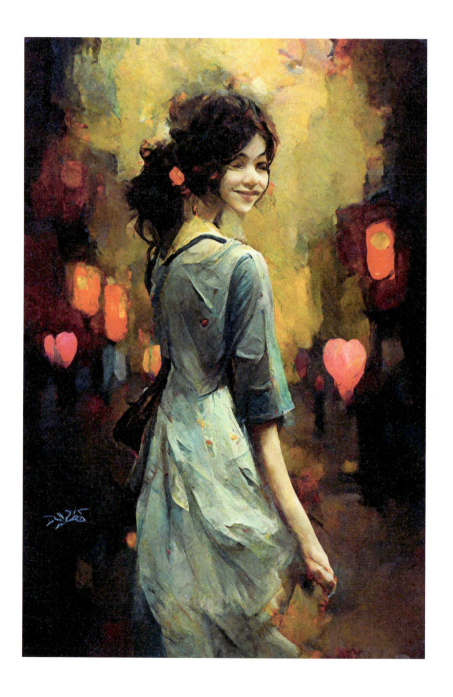

Das Lächeln

Ein Lächeln von mir, dein Lächeln zu mir,
so im Vorübergehen.

Dann Schritt, ein Schritt und noch ein Schritt,
das Lächeln bleibt bestehen.

Das Lächeln möcht' ich noch mal sehen.

Lächelnd bleib ich stehen.

Nur ein Blick im Augenblick bevor wir weitergehen.

Wir drehen uns, das Auge blickt in ein Lächeln ohne Schritt.

Und schreit das Herz, so schreiten wir
besser weiter bevor wir's verlieren.

Das Lächeln bleibt bestehen.

Es steht und steht und Schritt für Schritt bemerke ich,
dass es nicht weitergeht.

Mein Lächeln hat vergessen mit mir mitzugehen.

Es wollt' einfach mit deinem gehen.

So ganz ohne Argwohn,
nur so im Vorübergehen,

hast du mein Lächeln mitgenommen
ohne mich selbst mitzunehmen.

18

Das Spiel Gottes

Das Spiel Gottes mit seiner Saat,
seine Hand und seine Tat.

Mit Fingerschnippen Bäume kippen,
das ist, was er mag.

Und aus den Stümpfen Knospen sprießen;
neu und schön und ungeahnt.

Dich betten

Noch bin ich frei, noch ungebunden,
noch keine Ketten um Glieder geschlungen.
Noch hab' ich Stolz, noch bin ich mutig.
Nicht meine Hände, mein Herz ist blutig.
Es tropft in einen See aus Tränen.
Was nützt es, mich zu grämen?

Ich trinke aus, schenk' wieder ein.
Ich trinke aus. Schenk' ein, schenk' ein.
Salzig, fiebrig, schlaflos wach,
bald dämmert der Morgen,
der See liegt flach und starr.

Gebar ich heute Nacht neues Leben?

Eben, so scheint's mir, hab' ich gelacht,
vielleicht nur gelächelt, oder nur dran gedacht.
Das Leben geliebt, den Hass verachtet.
Den Hass geliebt, die Liebe verachtet … ?

Hätt' dich so gern betrachtet, still in meinem Bette …
hätt' dich so gern gebettet in einem Meer aus Rosen -

22

- Stielen.

Dornen in dein Leib.

Kein flehen, kein betteln, du tust mir nicht leid.
Nur Schreie durchzucken die Dämmerung,
ich will nichts mehr hören, sei endlich stumm.

Nun, da du schweigst und nicht mehr schreist,
bin ich nicht mehr frei, nie mehr ungebunden.
Hab' selbst mir die Ketten um Glieder geschlungen.

Ja, ich weiß, das war nicht mutig.
Nun sind auch meine Hände blutig.

Doch noch bin ich Mensch und noch bin ich hier.
Noch lebe ich. Im Gegensatz zu dir.
Noch schlägt mein Herz, noch atme ich.
Noch wein' ich nicht.

Doch eines weiß ich,
auch das ändert sich.

Peter und Hanswurst

Gespannte Schritte, Atem stockt,
die Luft zerrissen, Regen knirscht.

Warum diese Wehmut?
Trink nur aus!

Das Rad des Schicksals, der Fluch der Zeit,
der Fluss des Lebens, das Leben bereit.

Kann Wandel nicht sich nicht bewegen,
nicht trinken Tod und Durst?

Kann töten nicht, wer will noch leben?
Leben ist so kurz!

Tut einer auf, tritt einer ein,
verbannte Lust, verborgen sein.

In jedem Schritte des Lebens Mitte,
bitte noch einmal die Zahl …

Roulette, die Kugel poltert, pocht
und grün … ?

Nein, knapp vorbei.

Ist eigentlich auch einerlei.

Dabei war ich und nicht zu knapp.
Knappe, hol das Schwert und rüste mich zum Kampfe,
auf das es flammt und lodernd brennt
und eintaucht in den Brunnen.

Jungbrunnen zermürbt.

Die Sage hat schon lang begonnen,
wird bald schön zur Legende.
Es gibt kein Innen, kein Außen mehr.
Ist Kunst nicht zu verschwenden?

Sie lächeln nicht die Götter, sie lügen und lachen,
ergötzen sich an Götzenbildern, Leben, Tod.

Für ein Stück Brot in der Not ist nicht jeder bereit zur Zeit?!
In Wirklichkeit wird nur gelallt, gelacht, gesungen …

Notgedrungen tut man das,
nur um zu sagen: »Ich hab's gemacht … «
gedacht …

… den Faden verloren …

… den Tod vergessen …

War da was?

Oh nein, ich war wohl zu vermessen,
auf Messers Schneide Trauben essen …
besser noch betrunken sein.

Gib nicht auf, geh lieber heim:
zu Vater, Mutter dich gebar,
Getier, Gesocks, des Lebens Loch,
das Warme für den Winterschlaf …

Wach auf!!!

Es ist noch nicht so weit …

Der Winter fern, das Leben schneit,
und scheint die Sonne nicht für dich,
übergib dich oder nicht
auf den Randstein
mit Füßen tritt
in das Leben …

Begegnen wir uns,
ist einer der Peter,
der andere Hanswurst.

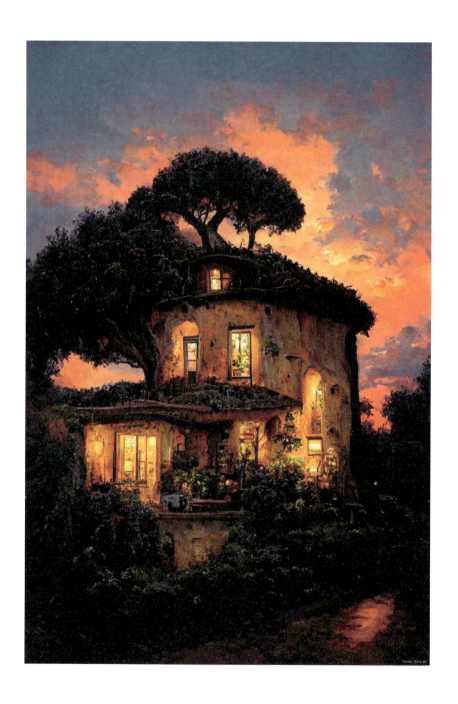

Das Herz eines Mannes

Ein Haus,
das ein Zuhause ist.

Eine Frau,
die weiblich ist.

Ein Kind,
das weiß, was kindlich ist
und dies nie vergisst.

Und ein Baum der Früchte trägt,
von mir für Urenkel gesät.

Einander liebhaben

Es fanden zwei Kranke einmal zueinander.
Diese zwei Verwandten banden ihre Seelen aneinander.
Sie liebten sich und lachten sehr oft miteinander.
Verabredungen hatten sie gleich mehrmals hintereinander.
In den Park und auf den Berg ging man gern nebeneinander.
Lange Zeiten blieben sie am liebsten untereinander.
Und was sie taten, taten sie nur noch füreinander.
Doch noch immer hatten sie Geheimnisse voreinander.
Davor erschraken sie und rückten voneinander.
Mit lauten oder ohne Worte redeten sie gegeneinander,
und ihren Freunden erzählten sie dann traurig übereinander.
So merkten sie auch: Es geht nicht ohneeinander.
Auf einem Feste saßen sie bald schon wieder beieinander.
Einer sah den anderen, es knisterte zwischeneinander.
Und ohne Kleider lagen sie in der Nacht aufeinander.
Durch ziehen und durch drücken geriet wieder ineinander,
was vorher lieb und eigen war, war nun ein durcheinander.
Der Bund der beiden straffte sich noch enger umeinander.

Bald wurde der Bund zu einem Strick
und beide Seelen sind daran erstickt.

Und selig im Himmel trafen sie einander.
Sie lächelten und grüßten sich und gingen auseinander.

Sinnlos

Ich sehe Dich,
doch Du bist fort.

Ich höre Dich,
doch Du sprichst kein Wort.

Ich fühle Dich,
doch berührst Du mich nicht.

Ich rieche Dich,
doch nirgends ist Dein Duft.

Ich schmecke Dich,
doch es ist Luft.

Und sogar mein sechster Sinn macht mich glauben,
dass ich immer von Dir umgeben bin.

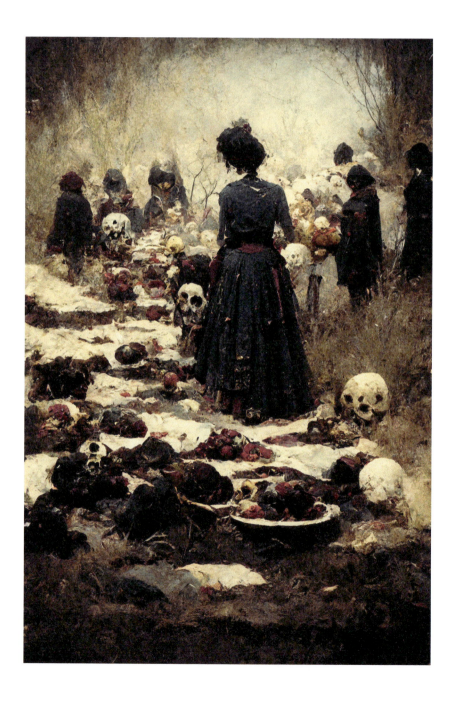

Des Menschen Wesen

Es ist schwarz um das Feuer das brennt,
nicht das Schwarz der Nacht.
Es ist schwarz in des Feuers Mitte, nicht das Schwarz der Glut.
Es ist schwarz, weil niemand mehr Mensch ist.
Das Schwarze im Herzen hat das Feuer erstickt,
das einst unserer Seele eigen war
und in unseren Augen brannte, dem Spiegel der Seele.

Die Glut in uns und das Feuer, das flammte,
nannten wir einst die Waffe des Menschen.
Und überlegen fühlten wir uns dem Adler,
dem Elefanten und dem Panther.
Dem Löwen, der Schildkröte und dem Wal.
Dem Himmel, der Erde und Gott.
Und auch untereinander war jeder dem anderen überlegen.

Selbst dem Tod, sogar dem Tod,
erst recht dem Tod waren wir überlegen.
Dem Sensenmann ein Schnippchen schlagen,
hat uns das wohl getan.

Als Krone der Schöpfung, Regent und Regierung,
über Leben und Tod, über Sonne und Mond,
Gestirne und Gezeiten zu wachen und zu entscheiden.
Das schien uns wohlbestimmt.

Die Welt war Menschen untertan.
Die Elemente, Tiere und Pflanzen hatten ihren Platz.
Ein jedes Etwas wuchs und gedeihte, wurde alt oder jung
und oder starb, so wie der Mensch es meinte.

Die Glut und das Feuer waren in seinen Augen und es war gut.
Keine höhere Instanz, kein Urteil, dass das des Menschen übertraf.
Keine Träne beim zu Grabe tragen jeglicher Gestalt und Wesen,
denn es war gut.

Kein Zucken des Herzens,
kein Zittern der Hände beim Überziehen der Henkerskappe.
Der Atem flach beim Schwung mit der Axt.
Das Feuer der Augen wird die Asche der Glut.
Tod, keine Träne.

Der Knappe lacht, die Dame, der ganze Hof, das Reich.
Ein Jeder näht sich Henkerskappen
und kostet den süßen Nektar der Sühne
und kostet aus sein Sein und kostet aus das Blut seines Nächsten,
das seinen Händen entsprang.
Und kostet aus den Blick der Augen von Feuer zu Glut,
zu Asche und Staub und bis zu leeren Höhlen.
Auf Spießen die Schädel aufgereiht
auf beiden Seiten von Wegen, bis hin zu den Altären.
Randvoll die Opferschalen, ein Überfluss an Blut.

Trink aus die Kelche, schmeckst du süß?
Trink aus und nenn es Krieg, trink aus und nenn es Liebe.
Trink aus und nenn mich Mensch, trink aus den ganzen Krug,
trink aus den ganzen See aus Rot.
Trink aus, du, Mensch, gierig, unersättlich bis zu deinem Tod.

Sieh, die Menschen, sie quälen sich unendlich.
Sie leiden lieber als zu trinken,
so trinke du ihr Blut.

Sag ihnen es ist Friede, sag ihnen es ist wohl gewollt,
versprich ihnen Erlösung.
Sie werden sich dann selbst enthaupten und bringen dir ihr Blut.
Freudlos wirst du trinken, nichts schmeckt nunmehr süß.
Kein Feuer mehr in deinen Augen, gerade noch ein bisschen Glut.
Bevor auch diese noch erlischt greifst du zu deiner Axt,
streifst über deine Henkerskappe und dann,
dein Kopf am Boden liegend,
trinkst du dein eigenes Blut.

So süß.

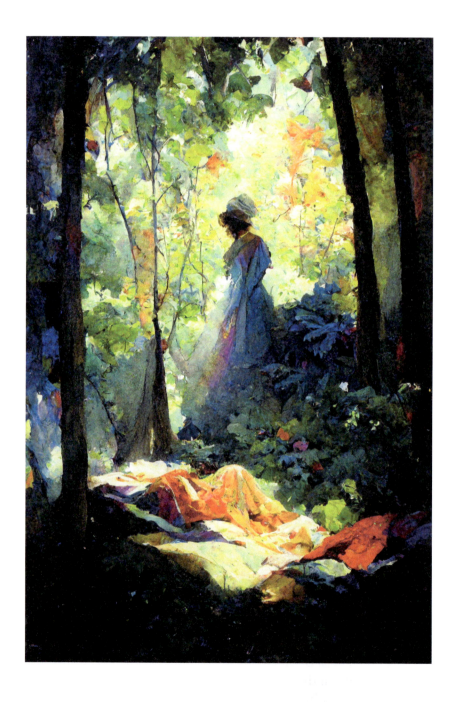

Die diebische Welt

Wandle Welt und drehe dich in den Spiegel, zeig dein Gesicht.
Zeig mir deine Seele.
Seen, Berge, Hoch und Tal am Tage und dein' halben Mond.
Und des Mundes Lippen, die, mit ersten Strahlen,
deine Sonne hat geküsst.

Und, hast du mich vermisst?
Du mich?
Vergisst wohl, wer du bist!
Und was du hast und was du machst.
Schön, dass du bist.

So lass einschenken, lass trunken trinken,
den letzten Tropfen lass verschwinden.
Lass prosten auf die Freude und Träume wider Willen.

Ich will noch einmal,
wieder mal,
mit dir durch alte Gassen wandeln
und des Weges Dunkel leuchtet
nur durch den Laternenstrahl.
Wahrhaftig schön, nicht allzu hastig,
hat mich dein Schatten eingeholt, überholt, mich ausgeraubt
und flieht mit riesenhaften Schritten.

Nichts ist mehr da, nichts mehr zu finden.
Kein Schatten und kein Licht,
kein Flüstern und kein Wispern ist mehr zu entziffern.
Du, Welt, willst entschwinden.

Nur der Dieb, der ist dir lieb, denn er will sich nicht binden.
Und bald liegt er in deinem Bette, deckt sich zu mit deinem Laub.
Bis du ihn küsst, mit ersten Strahlen,
stiehlt er nichts, ist blind und taub.
Doch bald kommt die Nacht, da du ihn schickst aus,
dass er anderen deine Seele raubt.

Traumlösung

Es waren da zwei Engel. Wie Kinder noch mit Babyspeck, mit Flügelchen und Pausebäckchen. Sie kamen und trugen mich weg. Wir flogen zusammen ohne eine Berührung in einen Himmel ohne Sterne, in eine Nacht wie ohne Mond. Ein Kindchen links, ein Engelchen rechts schwebten wir empor.

Dann drehten sie sich schön um mich, so wie ein Strudel ein Fisch einschließt. Bald war ich nackt und Sie hielten an, zu beschauen diesen Mann. Und Sie begannen auszuziehen, was meine Haut zu sein schien. Dennoch fühlte ich keinen Schmerz, wie ein reines Kinderherz. Sie lächelten und ich war heiter, weiter trieben sie ihr Spiel und es fiel, wie weiße Flocken, die nächste Schicht in weiten Raum. Dann pflückten sie meine Muskeln, wie reife Früchte von einem Baum. Gekleidet in weiße Knochen mit Haar, geleitet von den Engelchen, flog dort ein Drache, grün, weiß, orange, der nahm mich auf seinen Rücken. Die Kindchen links und rechts von mir, schwebte ich, berührte des Drachen Rücken nicht.
Er flog so schnell in all das Weite und befreite mich so von meinen Gebeinen. Luft und Wind trugen die Knochen fort, als wären sie aus Mehl. Sie hinterließen einen Schweif. Und ich bestand nur noch aus Punkten, aus Atomen oder Funken, Sternen oder Licht, doch auch das änderte sich. Die Punkte wurden zu goldenem Haar, das mir als letztes geblieben war. Wie Locken einer Königin fein, wehten und schimmerten sie im Wind. Geschwind flog der Drache mit den Engelchen fort.

Es gab kein Innen und Außen mehr an diesem so genannten Ort.

Hinter jedem Fenster

Hinter jedem Fenster
schlägt ein kleines Herz.

Hinter jedem Fenster
ist Leiden und ist Schmerz.

Hinter jedem Fenster
brennt ein kleines Licht.

Hinter jedem Fenster
ist Hoffnung, Mut und Zuversicht.

Hinter jedem Fenster
seh' ich dein Gesicht.

Hinter jedem Fenster
liebt dich jeder, weil du bist.

Der Springbrunnen

Der Sprung. Er sprang. Gesprungen, Springbrunnen.
Engelschor mit Trompeten und Geigen
von Schlangen umwunden mit lüsternen Zungen.
Der König segnet die Zeiten, die Jungfrau läd zum Reigen.

Das Licht lässt zittern und funkeln Fontänen.
Der Mond macht glitzern, silbrig flitzen
Tropfen aus dem Drachenmaul.

So manches Jahr, Jahrhunderte wurd' lieblich dieses Spiel beschaut.
Sich liebende, verschlungen, vertraut
sind in das Wasser eingetaucht.

Berauschendes Rauschen, betörendes Nass.
Der Greis mit der Jungfrau, Jüngling und Papst,
all die Huren und Nonnen und Richter in schwarz.
Im Schutze der Nacht, der Brunnen Schlafgemach.

Noch immer wach?

Der Morgen dämmert.
Auf den Heimweg Ehemänner!

Unter den Augen der Jungfrau und des Königs Blicken
wurden schlanke Frauen zu dicken.

Unter Wasser gezeugt, von der Jungfrau geweiht,
vom König gesprochen der Eid,
wenn es schneit,
Kirschblütenzeit und Kirschblütennacht.

Der glänzende Lenz erblüht in seiner ganzen Pracht,
wenn das Geschlecht erwacht.

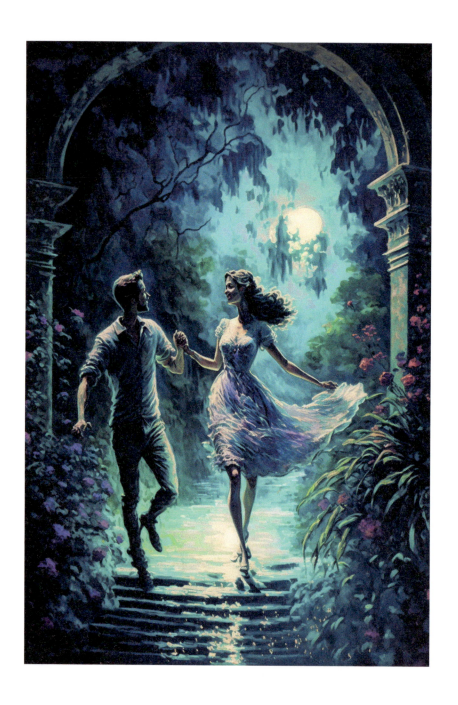

Der Bub gewinnt geschwind
des Mädchens Herz und nimmt es an die Hand.

Verschwand mit ihr
durch wissend wispernde Gebüsche
in das geheime Reich der Lüste.
Ins Dunkel der Nacht, in glitzerndes Nass
mit funkelndem Blicke.

Er hechelte, sie kicherte.

Eng umschlungen standen sie am Brunnen,
fanden lüstern ihre Zungen.

Da sprang der Bub, der Jüngling war gesprungen.

Über den spring, sprang, gesprungen, Springbrunnen.

Halb gab sie sich hin, halb wehrt sie sich nicht.
Sie baden in des Brunnen Gischt,
sie küsst den Jüngling ins Gesicht.

Das Licht lässt zittern und funkeln Fontänen.
Der Mond macht glitzern, silbrig flitzen,
Blut tropft aus dem Drachenmaul in das Wasserrot,
älter als der Tod.

Auf dem Brunnen, seit aller Zeit,
stehen König und Jungfrau bereit.

Der Bub wird von ihnen zum Jüngling geweiht,
das Mädchen zur Maid.

Ein Tag am Meer

Noch 100 Schritte bis zur Brandung.
Der Horizont im Meer verschwindet,
die Sonne sich mit Wolken deckt.
Ganz so, als ob sie wegsehen wollten
vor diesem grau Ereignis.

Ein einsam Mann läuft zu und zu
im tiefen, nassen Sand.
Ganz schwer und langsam,
eine Waffe in der Hand.

Es bleibt nur eine Spur aus Tränen,
im Leben und jetzt hier am Strand.

Nun spricht er, kniend im Wasser, ein Wort.
Zu sich, zu Gott, zu irgendwem …
Er ist bereit Abschied zu nehmen.
Und ohne sich einmal umzudrehen
legt er die Waffe in den Mund.

Sein letzter Blick über das weite Meer …
dann schließt er die Augen.

Der Lauf ist leer.

Ich, der König

Ich, der König, besitze nichts, außer meinem König sein.
Ich hatte eine Königin, um mit ihr dies zu teilen.

Ich, der König, besitze nichts, ich hatte mal ein Volk.
Ich hatte eine Königin, sie war den Herzen hold.

Ich, der König, besitze nichts, ich hatte mal ein Reich.
Ich hatte eine Königin, alle galten gleich.

Ich, der König, besitze nichts, ich hatte mal ein Thron.
Ich hatte eine Königin, sie schenkte mir ein Sohn.

Ich, der König, besitze nichts, außer dem alleine sein.
Ich hatte eine Königin, um mit ihr dies zu teilen.

Ich, der König, geh dahin, nichts kann mich mehr heilen.
Es herrscht der neue König nun, mit wem wird er wohl teilen?

Und welche Zeilen wird er schreiben?

Elternsorgen

Ich rufe alle Götter an,
brecht das Schweigen,
brecht den Bann.

Brecht nur nicht der Eltern Herz,
tödlich wäre dieser Schmerz.

Redet selig, denket heiter,
bewusst des Weges, der so weit war.

Und wendet voller Zuversicht
den Blick auf meines Kinds Gesicht.

Und bitte, bitte habt Erbarmen,
denn sie ist Euer Samen.

Und wenn dieser nicht keimt,
ist das auch Euer Leid.

Die Mutter hats geboren,
der Vater hat geweint.

Lasst uns doch vorher sterben,
das Kind hat noch viel Zeit.

Der fremde Freund

Es war einmal in einem fernen Land ein großer König mit starker Hand. Er fand sein Volk war wunderbar. Vielleicht nur ein Völkchen, doch alle waren da.

Es gab da Kinder die spielten und Greise die keiften. Es gab die Jungen und die Gereiften, die Armen und die Reichen, die Harten und die Weichen, die Wilden und die Seichten.

Wie schon von Anbeginn gab es auch Genie und Wahnsinn und auf jedes Feste kamen gute Gäste. Dann gab es Ordnung und Gesetz und ein gewebtes, soziales Netz.

Es gab da noch Gerüchte, bis weit bekannte, gute Küche, Süchte und Askese, zu Ernte Dank gab es Auslese. Es gab da Trauer und Angst und Hoffnung und Mut und all das tat der Bürgerseele gut. Es gab da Musikanten die jede Note kannten, Spielleute, die immer sangen. Gestern schon, auch heut und morgen.

Sorgen macht der Narr sich nicht, lacht einem jeden ins Gesicht, ob Pfarrer oder leichtes Mädchen. So war das kleine Städtchen. Und jedes Jahr im Lenz ein Feuer, zum Willkommen der Zigeuner. Jeden Monat tagte der Rat und jede Woche war großer Markt.

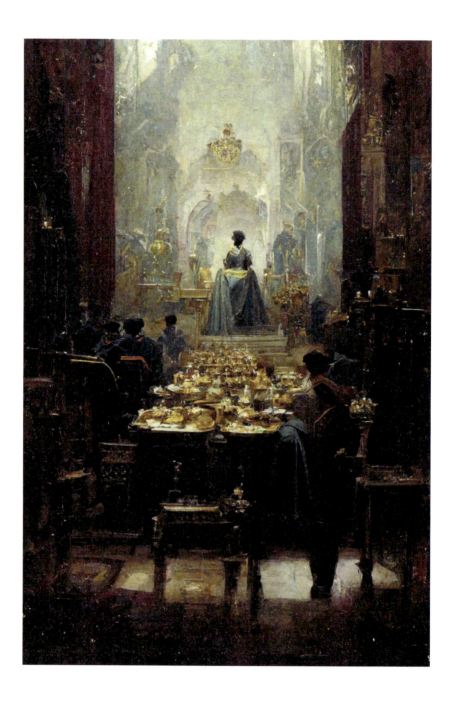

Der Rat war Gericht. Er entschied über das Gesicht der Stadt und ob und wer was zu tun oder getan hat. 13 Stühle an einem Tisch. 10 Bürger saßen weich, auch der Älteste im Reich, neben ihm die Königstochter, alle galten gleich. Wenn dann der König den Raum betrat, begann der Rat und Punkt für Punkt wurde die Liste abgehakt.

Sie schüttelten die Häupter, sie nickten mit den Köpfen. Sie hoben ihre Hände, sie hoben ihre Stimmen, von ganzem Herzen, mit allen Sinnen. Und manches mal bis spät in die Nacht wurde zu Papier gebracht, was der Rat entschieden hatte und dann am Tore festgemacht.

An jenem Morgen nach Gericht hatte der König eine weitere Pflicht. Dem Rufe eines Freundes folgend, beim ersten Tageslicht, betrat er sein Gestüt. Mit seiner Tochter schönem Angesicht war Ross und Stute bald gesattelt, begrüßt und auch geküsst. Mit weiten Schritten ritten die Pferde, über wilde Wiesen, weite Flur. Schimmerndes Fell und schimmernder Samt des Königs und seiner Tochter Gewand.

Glitzernd, der Tau im Morgenrot, verhangen der Wald im Nebelgrau, so seicht. Ein Wettlauf mit dem Wind, geschwind auf Schwingen durch das Reich, bis man den Wald erreicht. Ein Zug am Zügel, nur ganz leicht, bis das Pferd im Schritt sich findet, auf gelbem Laub so weich.

Und Huf um Huf und ohne Gruß sagt das Licht leb wohl. Schatten werden dunkler bis es Nacht wird ohne Mond. Der Weg war dem König wohl bekannt und auch wer am Ende des Weges stand.

Sein Herz, es schlug so schwer, es war eine ganze Weile schon her, dass er den Weg geritten war, das letzte Mal mit seiner Frau, sie war nun nicht mehr da.

Der fremde Freund war's, der die Entscheidung von ihm nahm. Doch das Geschenk, das er für seine Gemahlin bekam, war alles wert, war Freude und doch Schmerz.

Es war Geburts- und Todestag, war Kinderkrippe und Frauensarg. Aus Trauer um des Königs Weib, wurde, durch ihr Kind, neue Hoffnung in dem Reich. Zu lieben die Königstochter fiel dem Volke leicht, weil sie ihrer Mutter wie ein Ei dem anderen gleicht. Und nur der König wusste, dass es die Zeit noch geben musste, in der er diese Rechnung begleicht. Er drehte sich zur Seite und nahm die Tochter bei der Hand. Da sah sie ihn unwissend lächelnd an. Dem König wurde weich.

Die großen, weißen Augen im schwarzen Nebel des Waldes Nacht, sie hatten das alles möglich gemacht. Doch seit er Nachricht erhalten hatte, lag über ihm ein dunkler Schatten.

Der fremde Freund, in jener Nacht, hatte damals all seine Kraft dem König und dem Reiche zum besten Wohl gedacht und seine Tochter zur Welt gebracht. Doch Mutter konnte er nicht retten, sie mussten ihre Augen schließen und zur letzten Ruhe betten.

Am Ende des Waldes wartete Licht. Zwei Augen wie Sterne, die niemand je vergisst. Doch schwarz wie die Nacht des fremden Freunds Gesicht. Noch schlimmer war: Er lächelte nicht.

Doch er spricht: »Mein Herr, ich freu' mich sehr, dass Ihr meinem Rufe folgt. Und mit Euch Eure Tochter, die schöner ist als alles Gold. Mein Herr, ich habe ein Begehr. Es ist so einfach und doch so schwer. Was ich Dir einst gegeben, muss ich nun wieder von Dir nehmen. Damals klagtest Du mir Leid, Dein Volk sei ohne Erbe nicht reich. Nun ist es gleich in meinem Reich. Kein Weib, das meinem Sohne reicht. Um Nachfahren zu zeugen, musst Du Dich nun beugen. Gib mir Deine Tochter frei, bald bringe ich sie wieder bei. Und glaub mir, Freund, auch mir reist es das Herz entzwei.«

Da nahm der fremde Freund die Tochter bei der Hand und verschwand. Er hob sich in die Lüfte und landete nicht weit mit ihr auf einem seiner Schiffe. Der König jedoch, am Rande der Klippe, fiel auf die Knie und zitterte. Noch lang sein ganzer Körper und auch seine Lippe.

Der fremde Freund war wachsam und klug und wusste um des Königs Wut und um seinen großen Mut. Er ließ den Bäumen Wurzeln sprießen und sich um des Königs Waden schließen, dass er nicht, ohne Zauberkraft, der Tochter folge. Es hätte ihn dahingerafft.

Des Königs Volk fand Ross und Stute, dem ganzen Volk war weh zumute. Der Bürgerseele tat es leid. Im ganzen Reich entstand ein Streit. Der Markt wurde wieder und wieder vertagt. Der große Rat wurde angeklagt. Es kam der Winter, der wurde hart. Es kam der Lenz, doch nicht ein Feuer und es kam auch kein Zigeuner.
Dann wurde es bald wieder heiß doch auf der Bürgerstirn kein Schweiß. Die Blätter wurden wieder welk. Vor Neid und Hass die Bürgerseele gelb.

Als dieses Jahr vergangen war, kniete der König noch immer da. Die Hände zum Himmel ausgestreckt, den Blick aufs offene Meer, ob er ein Schiff entdeckt.
Im Laufe des Jahres wurde er grau. Zuerst die Knie dann auch der Bauch. Fast bis zur Brust ward er versteinert doch Kopf und Blicke voller Eifer, voller Kraft und voller Mut. Die Fäuste immer noch geballt, voller Hoffnung, voller Wut. Da kam an einem Nebeltag aus dem Grau ein Schiff mit Sarg.

Der Sohn des Freundes verbarg sein Gesicht, denn nun hatte er die Pflicht. Er legte zu des Königs Füßen die tote Tochter mit Vaters Grüßen. Er legt auf des Königs Stirn seine Hand, der Zauber des Steines war verbannt.
»Ich bitte nicht zu früh zu richten, denn auch mein Vater ist verblichen. Was er bis zuletzt noch tat, ist, dass er all seine Kraft Dir gab, dass Du nicht stirbst bis zu diesem Tag. Deiner Tochter alle Ehre, gebar in ihrer letzten Stunde mir zwei Söhne. Einen gebe ich nun zu Dir, einen behalte ich bei mir.«

Der König konnte es nicht wagen, ihm ein Widerwort zu sagen. So nahm er seinen Enkelsohn und kehrte zurück auf seinen Thron. Die Bürger erkannten ihn gleich und Herz und Knie wurden weich. Nun waren sie ja wieder reich. Nächste Woche war wieder Markt und nächsten Monat tagte der Rat. Und nächsten Lenz ein riesen Feuer denn wieder kamen die Zigeuner.

So war das kleine Städtchen.

Ob sie nun glücklich und zufrieden bis an ihr Lebensende blieben, das alles weiss ich nicht. Entscheidet selbst.

Ihr seid Gericht und Rat und in der Tat seid Ihr das Gesicht dieser Stadt und Ihr entscheidet, wer was warum getan hat.

Liebstes Trauerspiel

Oh Liebste, liebstes Trauerspiel.

Einmal noch, einmal zuviel.

Bittere Tränen würd' ich weinen,
würde mir das sinnvoll scheinen.

Hätt' ich dir mein Herz geschenkt,
du hättest es zerbrochen.

Zumindest hättest du's ertränkt
oder gar erstochen.

Den Weg, den manche Liebe nimmt,
ist wohl im Vorhinein bestimmt.

Erdbeben

Was ist Liebe, was ist Hass? Was ist Kraft und Macht?
Der Dämon der Natur. Der böse Berg, der schöne See.
Vergangenheit, Vernunft.
Ein Gläubiger, mein Gläubiger.
Die Kunst verlassen Klassenfeind.
Einheitlich und brüderlich, natürlich nackte Nasenspitzen,
rot, weiß, blau
e
Augen, Äpfel, Vögel picken, Punker prügeln, Disco tanzt.
Pferde an Zügeln, reiten, schreiten über Wasser.
Teilen den Umhang, Martini mit Olive.
Ein goldener Schuh, Gru Gru.
Das lange Haar, der Guru, der Prophet, der Gott.
Schrottplatz der Seelen, Terrorpläne, Mauerblümchen, Edelweiß.
Die lange Rote. Verbotene Frucht.
Verzicht, Verzehr, Verehrung, Anbetung,
Genehmigung und Bürgerkrieg.

Der Pharao, Matrosen. Sieben Meere, sieben Wunder.
Weltweit Weichen gestellt. Ost, West, daneben, darunter.
100 Mann.
1 Mann.
Frauen, Kinder, Sarg,
Erde, Würmer, Wiedergeburt, wieder, wieder, wieder …

Schwimmer, Ursuppe der Gewinner.
Generationen der Sieger, Krieger, Kröten, töten,
vernichten, verscharren, ausharren.
Versicherung, Indianer.
Totaler Klimawandel.
Gondel, Karussell, zu schnell, zu sauber.
Töricht, trunken, Taugenichts.
War wohl nichts,
dein Leben vergeben.
Erben, Tod.
Erdbeben eben.

Der Schattenmann

Nur noch den Schatten eines Mannes
spiegeln dunkle Seen wider,
auf deren Grunde ich dich seh'.

Wie ein gesunkenen Schatz,
den ich zu bergen suche,
glitzerst du wie Golddukaten,
Augen aus antiker Zeit.

Doch hören stille Wasser nicht des Mannes Schatten rufen.

Nowheretrain

At the station with tears in my eyes,
Sick of all these troubles and lies,
Sick of all the things I see,
Sick of the man I used to be.

I got to go, I got to leave
And if I don´t, there´s no release
For my mind and for my soul
I need to get it back: control

I will leave this man behind
Looking for something new to find
No more struggle, no more fight
Would you hold me tight?

This trip will be without you
But memories of you will help me getting through
Outside the window is standing a man
I hope I´ll never see him again

This man is looking exactly like me
No father for a family
No husband for a wife
He needs to change his life

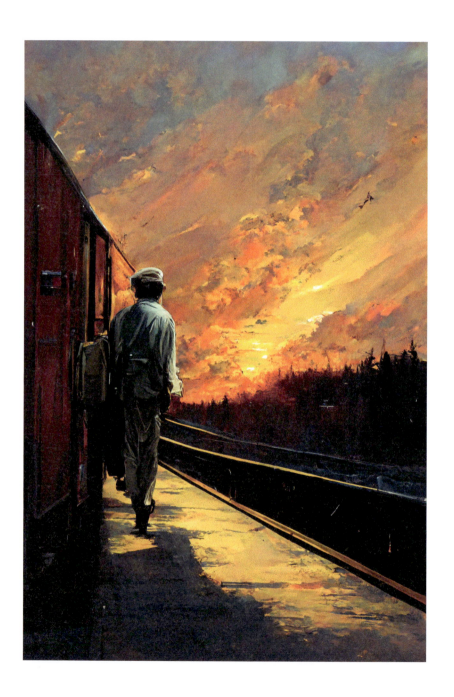

And as I´m leaving with Nowheretrain
He´s jelling and shouting and screaming again
This man is a mess
I wish him the best

And soon I think he has to admit
That he´s not even remembering it
The fear he gave, the pain he brought
He don´t know that it´s not his fault

Worries crossed his poisoned mind
He´s much to blind to leave it behind
And so, old friend, you´re not my kind
The best of me I need to find

It feels like something is holding me back
Join the train is the first big step
The train goes further and further away
Thank god I´m leaving, no need to stay

Like drops in my head I feel kind of free
I need to think what I´d like to be
The fear is big, the hope is small
A lot of work to change it all

Nowheretrain to happiness
I think I should, I could I guess
I´m blessed
You´re so pretty how you´re dressed

When you stepped in my separée
I looked into your eyes and don´t know what to say
Sitting face to face with you
still don´t know what to do

Hoping for some grace
From your lips a kiss on my face
I'm praying for a tender touch
Your skin on my body so much

And outside the window the time goes by
The past is a tiny light in the sky
Slowly and gentle you take my hand
Till we arrive in future land

The light in the sky is covered by clouds
But in my mind no fears, no doubts
Soon the train will open his door
I step out with you not asking for more

This journey has cost a lot, was a mess
But the next stop is Station Happiness

Gotteslästerung

Bald war da einer, bald war da wer,
der sich erhob,
zum Himmel hoch.

Stunden, Tage, Jahr für Jahr Geburt und totes Leben.
Erleben ist nun nicht mehr wert, sich qualvoll zu erheben.

Der Teufel lacht, die Sünde weint,
sie keimt nicht mehr, die Saat.
Unverdrossen Blumen gießen …
Ich lass' mir leben nicht vermiesen
von Für und Wider Diskussionen.

Für Oben, wider Oben …
Das Ergebnis zeigt sich nicht,
das Für und das Wider ist ja doch wie es ist.

Das goldene Tor wird uns versprochen,
doch Petrus hat sich über die Schwelle erbrochen.
Und nun liegt er daneben.

Lieber breche ich ein in den Garten,
als mein Leben Gott zu weihen.

Verzeih' mir nicht, ich bin kein Sünder.
Ich bin Gott und alle Götter.

Mir gebührt der Ruhm
für mein Lebenswerk und Tun.

Die Träne

Ich wisch' dir meine Tränen von der Wange.

Gutmütig bist du und sagst mir:
»Alles wird gut.«

Stark bist du und sagst mir:
»Wir schaffen das.«

Stolz bist du und sagst mir:
»Das ist richtig für mich … und für uns.«

Klug bist du und sagst mir:
»So geht es nicht.«

Lieb bist du und sagst mir:
»Du bist ein guter Mensch.«

Und zärtlich bist du und streichst mir übers Haar.

Gute Nacht Schöne.

Sergej und Kalinka

Todbringend, verheißungsvoll, die Revolution. D-Moll.
Verfolgte, Insel der Tränen, verlassene Seelen,
verblasster Horizont.
Sergej und Kalinka im weißen Schnee, die Wüste.
Grüße aus Fernost, Genosse Bourgeoisie. Hofnarr sans soucis.
Falke auf den Zinnen, Verhöre im Verlies.

Der Wind und sein Lied bleibt ungehört Gebieter, Geliebter,
gelassen, Gassenjunge mit Hass auf der Zunge.
Die junge Frau, ein Mädchen, Gretchen, bete schön und stöhn.
Herr Pfarrer, Weihrauchdrogen, von oben, verboten.
Verirrt, leiert, verwirrt, verdammt.
Generationen nur noch Spuren im Sand.
Nummern an Ketten, Zettel, Briefe, Post,
nur allzu oft hinterblieben, Trümmerfrauen,
Kirchen bauen, nach Männern schauen.
Marsch! Parat!

Trauben im Wein.
Weiter Taube flieg, für und gegen Krieg.
Zu spät Verräter, Wirtschaftswunder, Vogelkundler.
Ungesunder Lebenslauf und Lebenswandel.
Tante vor der Tür und Tod.
Das Tor, der Himmel. Türsteher, Verehrer aller Farben,
verwehrt der Eintritt, Stolperstein, gemein Herr Gott,
Schafott und Pranger, Angst und Ängste,
Adlerschwingen, Fallschirmspringen, weitersingen.
Mein, dein, sein, bitte, bring mich Heim.

Lass uns alleine sein.

Der Held

Ich wollte ein Held sein.
Gemein daran war, dass ich nicht mehr ich war.
So wahr ich hier stehe, versteh' ich es nicht,
wie man sich so vergisst, wie man sich so vergessen kann.
Wer ist dieser Mann?

Im Leben zu pflegen mit Füßen zu treten
das und wer man ist vergisst man gern und leicht.
Denn den, der mich kennt und die, die mich liebt, mir vergibt,
belüg' ich. Ganz gut bürgerlich.
Nein, vergib mir nicht. Vergib mir nicht mein Streben.
Ich weiß, es ist vergebens ein Held zu sein zu wollen.
Wider der Natur. Ich höre Donnergrollen.
Ich wollte, will kein Held mehr sein. Ich bin alleine, ja, doch mein.
Mehr als jemals voller Mut. Tut gut, sein eigener Herr zu sein.

Klag mich an!
Ich stehe ein!
Dafür was ich tu und tat. Dafür, was ich getan hab.
Haltet Gericht!
Über mich und meinereiner.

DU! HELD! SCHULDIG!

Bin gar keiner.

Die Illusion zerbrochen. Ich habe so viel Scheiß versprochen …
Ich wäre wer, ich würde was, was ich nicht bin, werd's niemals sein.
Dabei wird man sehr allein.
Alles habe ich verloren, seit ich versuchte ein Held zu sein:
Freiheit, Flügel, lockere Zügel, lockere Zunge …
Fickt euch, ich bin nur n' Gassenjunge.
Ich, ja ich, ich wollte, will kein Held mehr sein.
Ich, nur ich. Sonst keiner! Nein!

Niemand hat mich je gezwungen,
niemals war es notgedrungen.

Mein Versuch, nicht ich zu sein.

Angst, Versuchung, Spiel, Verachtung …
ist, was mich treibt Stufe um Stufe hinabzusteigen.
Ich weigere mich, mich im Licht zu zeigen, wer ich wirklich bin.
Trüber wird das Licht bis es ganz erlischt mein Ich
und alles, was mir wichtig ist.
Was nun noch bleibt, so allein,
ist weiter dieser Held zu sein.

So ein Held hat noch ein Problem:

Seine Rüstung ist wenig bequem.
Und bei jedem Schritt hinab steht dort ein neuer Knapp',
hält mir die nächste Rüstung hin,
viel schwerer noch als zu Beginn.

Ist es das alles wert?

Schwerer wird der Dolch zum Schwert.
Begehrte ich es erst, erschwert es nun mein Leben,
einen jeden Schritt.
Das Licht nur noch ein Schimmer,
doch schlimmer noch: der Weg zurück.

Doch zum Glück hat jede Rüstung Haken, Riemen, Ösen …

Und kann ich diese lösen,
dann fällt sie von mir …
klappernd, scheppernd, tösend …

Alle Stufen sinkt sie hinab
und lange vor mir liegt leise glänzend
sie in meinem Heldengrab.

Alles Gute

Ich liebe wie Ihr liebt.
Ihr liebt Euch, wie man heute sieht.
Ich liebe wie Ihr lebt,
wie Ihr den Weg zusammen geht.
Ich liebe, dass Ihr allen zeigt,
dass es auch anders geht.

Ich danke Euch, dass Ihr Euch liebt,
dass es Mann und Frau noch gibt.
Ich danke Euch mit reinem Herzen
für alle Freude und alle Schmerzen.
Und ich möchte mich bedanken
für Wunder, Träume und Gedanken.

Ich wünsche Euch das Glück dieser Welt,
dass alles gelingt, was Ihr Euch erwählt.
Ich wünsche Euch, dass Ihr erreicht,
Frieden in Körper, Seele und Geist.
Ich wünsche Euch, dass Ihr Euch labt
an jedem gemeinsam erlebten Tag.

Ihr lebt, wie Ihr lebt,
Ihr seid, wer Ihr seid.

Wie anders könnt' ich diesem Tag gedenken,
als Liebe und Dankbarkeit Euch heute zu schenken.

Schon bald

Noch pfeift der Winter durch die Ritzen,
glitzernd, flimmernd, funkelnd flitzen
alle Eiskristalle.

Hier und da und ohne Scham benetzen sie mein Fenster.
Setzen Stück um Stück sich aufeinander, ineinander …

Zuerst die Knospe, Blume, Blüte blüht

… nur ohne bunt

und ohne Biene welkt sie, schmilzt dahin

… wohin?

Woher kam dieser Strahl?
Der helle Wonnen – Sonnenstrahl.
War das nur einer?

Morgen wieder …

heller, greller, wärmer, länger.

Die Deutsche Nationalbibliothek verzeichnet diese Publikation in der Deutschen Nationalbibliografie; detaillierte bibliografische Daten sind im Internet über dnb.dnb.de abrufbar. Die Schweizerische Nationalbibliothek (SNB) verzeichnet aufgenommene Bücher unter Helveticat.ch und die Österreichische Nationalbibliothek (ÖNB) unter onb.ac.at.

Fabian Stuhler
Überall ist immer da
ISBN: 978-3-03830-861-4
Text: Fabian Stuhler
Bilder: Filus ben Thara & Maison Lionesse Erde 2022

Paramon ist ein Imprint der Europäische Verlagsgesellschaften GmbH
Erscheinungsort: Zug
© Copyright 2023
Sie finden uns im Internet unter: www.Paramon.de